21 Décembre 1882

V

Étude de M° **FONTAINE**, commissaire-priseur
à Tours, boulevard Béranger (en face du Palais de Justice)

CATALOGUE

D'UN BEAU

MOBILIER ARTISTIQUE

Objets d'Art. — Sculptures en Marbre

Bronzes. — Porcelaines. — Faïences

ÉMAUX. — BOIS SCULPTÉS

Ivoires. — Tableaux anciens et modernes

ETC., ETC.

*Le tout appartenant à M. le Comte X****

DONT LA VENTE AURA LIEU PAR SUITE DE DÉPART

A Tours, boulevard Béranger, n° 8

Les Jeudi 21, Vendredi 22 et Samedi 23 décembre 1882,

à une heure

Par le ministère de M° FONTAINE, commissaire-priseur, à Tours

Chez lequel se trouve le présent Catalogue

EXPOSITION PUBLIQUE

Le Mercredi 20 décembre 1882, de 1 heure à 5 heures

Étude de M⁰ **FONTAINE**, commissaire-priseur
à Tours, boulevard **Béranger** (en face du Palais de Justice)

CATALOGUE

D'UN BEAU

MOBILIER ARTISTIQUE

Objets d'Art. — Sculptures en Marbre

Bronzes. — Porcelaines. - Faïences

ÉMAUX. — BOIS SCULPTÉS

Ivoires. — Tableaux anciens et modernes

ETC., ETC.

*Le tout appartenant à M. le Comte X****

DONT LA VENTE AURA LIEU PAR SUITE DE DÉPART

A Tours, boulevard Béranger, n° 8

Les Jeudi 21, Vendredi 22 et Samedi 23 décembre 1882.
à une heure

Par le ministère de M⁰ FONTAINE, commissaire-priseur, à Tours

Chez lequel se trouve le présent Catalogue

EXPOSITION PUBLIQUE

Le Mercredi 20 décembre 1882, de 1 heure à 5 heures

CONDITIONS DE LA VENTE

Elle sera faite au comptant.

Les adjudicataires payeront *cinq pour cent* en sus des enchères.

L'Exposition mettant le public à même de se rendre compte de l'état des objets, il ne sera admis aucune réclamation une fois l'adjudication prononcée.

Désignation des Objets

MEUBLES

1. — *Stalle gothique*, en chêne sculpté à rosaces et surmontée d'un dais à galerie, découpée à jour.

2. — *Grande Crédence gothique*, en chêne sculpté, à nervures ogivales et garnie de ferrures de même style.

3. — *Table Louis XIV*, en bois sculpté, recouverte en ancien velours de Gênes.

4. — *Deux Torchères italiennes*, en bois sculpté.

5. — *Console italienne*, en bois sculpté.

6. — *Support*, en bois sculpté.

7. — *Escabeau*, en chêne sculpté.

8. — *Chaise Louis XIV*, en bois sculpté, recouverte en velours de Gênes.

9. — *Grand Lit portugais, Louis XIV*, ancien, en palissandre massif, sculpté.

10. — *Grande Armoire, Louis XIV*, en vieux chêne sculpté.

11. — *Deux petits Meubles vitrés*, d'encoignure, en vieux noyer sculpté.

12. — *Beau Bahut*, en bois sculpté, à deux corps, style renaissance.

13. — *Magnifique Meuble de salon, Louis XIV*, ancien, recouvert en tapisserie ancienne à la main, le milieu au petit point : composé d'un *grand Canapé, deux Bergères, deux Fauteuils* et *six Chaises*.

14. — *Support*, bois sculpté.

15. — *Deux Têtes*, bois sculpté du XVIe siècle.

16. — *Deux Boîtes*, bambou sculpté.

17. — *Magnifique Christ*, en bois sculpté, attribué à Albert Durer.

18. — *Dessus de Meuble*, en vieux chêne sculpté.

19. — *Deux Lions,* en bois sculpté, de l'époque Louis XIV.

PORCELAINES & FAIENCES

20. — *Splendide Soupière,* en vieux Saxe royal, avec plateau et couvercle, avec figurines.

21. — *Dix belles Figurines* de différentes grandeurs et *Groupes* en vieux Saxe.

22. — *Bouteille* en Saxe.

23. — *Assiette* et *Tasse* en porcelaine ancienne, avec fleurs.

24. — *Vase* en vieux Japon.

25. — *Deux Bouteilles* en vieux Japon.

26. — *Granae Potiche* en vieux Japon.

27. — *Deux Plats,* en vieux Japon (*Poissons*).

28. — *Plat,* en vieux Japon, *bleu.*

29. — *Autre grand Plat,* en vieux Japon, *bleu.*

30. — *Grand Plat,* en vieux Japon.

31. — *Douze Assiettes*, en vieux Japon, *rouge,*
   bleu et *or*.

32. — *Petite Potiche*, en vieux chêne, et *deux*
   Soucoupes, en vieux Saxe royal.

33. — *Grand Vase*, en faïence d'Urbino, du
   XVIe siècle, à décors polychromes.

34. — *Deux grands Vases*, en faience d'Urbino.

35. — *Grand Vase*, en faïence d'Urbino, du
   XVIe siècle.

36. — *Grand Plat*, en faïence d'Urbino, du
   XVIIe siècle.

37. — *Grand Plat*, en faïence de Gubbio (*Le*
   Triomphe de Dieux marins).

38. — *Assiette*, en faïence de Castelli.

39. — *Deux grandes Bouteilles*, en vieille faïence,
   de Caffagiolo.

40. — *Grand Plat*, en vieille faïence de Daruta.
   du XVIe siècle, *à reflets métalliques*.

41. — *Vase*, en porcelaine de Capo di Monte.

42. — *Grand Plat*, Hispano Arabe, *à reflets métalliques*.

43. — *Autre grand Plat*, Hispano Arabe, *à reflets métalliques*.

44. — *Deux Assiettes, à reflets métalliques*, avec personnages.

45. — *Deux Grands Plats*, en faïence de la Perse.

46. — *Deux Soupières*, en faïence Suisse.

47. — *Deux Plats*, en vieux Delft.

48. — *Deux autres Plats*, en vieux Delft.

49. — *Deux Assiettes*, en vieux Delft.

50. — *Deux Plats*, en vieux Delft.

51. — *Deux autres Plats*, en vieux Delft.

52. — *Très beau Plat*, en vieux Delft, *doré*.

53. — *Deux Assiettes*, en vieux Delft, *polychrome*.

54. — *Deux Assiettes*, en vieux Delft.

55. — *Pot*, en vieux Nevers.

56. — *Plat armorié*, en vieux Nevers.

57. — *Grand Plat,* en vieux Nevers.

58. — *Grand Plat,* en vieux Nevers, avec *rosaces.*

59. — *Plat armorié,* en vieux Nevers, avec *personnages.*

60. — *Bouteille,* en vieux Rouen.

61. — *Plat armorié,* en vieux Rouen.

62. — *Assiette,* en vieux Rouen, à la Corne.

63. — *Deux Assiettes, Céladon, vert.*

64. — *Plat,* en vieille faïence, de Moustiers.

65. — *Grand Plat oval,* en vieille faïence, de Moustiers.

66. — *Baigneuse de Falconnet,* en faïence, de Nancy.

BRONZES, IVOIRES, ÉMAUX

67. — *Réveil,* Statuette en bronze de d'Épinay (*coulée par Barbedienne*).

68. — *Hercule, bronze Louis XIV* (réduction de l'Hercule de Farnèse).

69. - *Bronze*, du xvie siècle, *doré*.

70. — *Pendule Louis XIII*, avec cuivres, mouve-
ments et sonnerie.

71. — *Bronze antique*, sur pied.

72. — *Plateau*, en étain, avec les douze empereurs
d'Occident.

73. — *Deux petites Plaques*, en étain, encadrées
(*La Séduction et le Repentir*).

74. — *Belle Terre cuite*, de Clodion.

75. — *Belle Plaque*, en ivoire (*Ronde de femmes*),
du xviie siècle.

76. — *Petite Figurine*, en ivoire.

77. — *Grand Plat*, en cuivre, du xvie siècle.

78. — *Deux Flambeaux*, bronze du xvie siècle.

79. — *Deux Flambeaux*, en cuivre repoussé.

80. — *Deux Flambeaux anciens*, bronze doré,
Louis XV, aux armes de la famille de
Choiseul, provenant du château de Chan-
teloup.

81. — *Beau Lustre flamand*, en cuivre, à six Lumières, avec chaînes du même style.

82. — *Bonbonnière ancienne.*

83. — *Tabatière ancienne*, argent doré.

84. — *Belle Plaque*, d'émaux de Limoges, avec cadre ancien, en ébène.

85. — *Bénitier*, émail de Nouailher, de Limoges, du XVIe siècle.

86. — *Petite Miniature, Louis XV* (Mlle Duthé).

87. — *Miniature, Louis XV.*

88. — *Miniature, Empire.*

MARBRES

89. — *Bas-Reliefs*, en marbre blanc.

90. — *Groupe des Trois Grâces*, en marbre blanc, grandeur demi-nature.

91. — *Très beau Buste de Minerve*, marbre blanc de l'époque de Louis XIV, attribué à Bernini.

92. — *Colonne*, marbre rouge antique.

93. — *Deux Colonnes*, en marbre.

93 bis. *Paris* — Très belle statue en marbre blanc

TABLEAUX

94. — *Grand Tableau allégorique*, de l'époque Louis XIV.

95. — *Esquisse*, du Tableau très connu de Charles Ier, de Van Dyck.

96. — *Deux Paysages anciens*.

97. — *Tableau* ancien (*La Visite du Médecin*).

98. — *Peinture* flamande (*La Promenade des fous*).

99. — *Portrait d'Homme*, cadre ancien.

100. — *Esquisse*, attribuée à Boucher.

101. — *Peinture*, de Max-Claude.

102. — *Diaz* (*Éducation de l'Amour*).

103. — *Paysage de Miel*.

104. — *Paysage*.

105. — *Poirson* (Tableau de genre).

106. — *Velasquez* (*Fruits et Raisins*. par).

107. — *Ancienne Tapisserie* d'Aubusson (*Jupiter et Léda*).

NOMBREUX OBJETS DIVERS

NON CATALOGUÉS

Par le ministère de Mʳ FONTAINE, Commissaire-priseur, à Tours.

2624. — Tours, Imp. Rouillé-Ladevèze, rue Chaude, 6.